DU MÊME AUTEUR

Aux Éditions du Seuil

LE BOUCHER, roman, 1988. A reçu le Prix Pierre Louys 1987, sur manuscrit

LUCIE AU LONG COURS, roman, 1990

Aux Éditions Gallimard

AU CORSET QUI TUE, roman, coll. L'Infini, 1992

L'Infini

Collection dirigée
par Philippe Sollers

ALINA REYES

QUAND TU AIMES, IL FAUT PARTIR

roman

nrf

GALLIMARD

à Olivier

1

Ce que j'aime, c'est partir, prendre la route. L'espace, le présent, l'oubli.

La route c'est moi, c'est un serpent, et le chemin étendu derrière moi c'est mon ancienne peau que j'abandonne, encore. La route c'est ma vie, me défaire continuellement de mes enveloppes, m'extraire de moi pour renaître neuve, brillante, donner le jour à l'inconnue qui veille en moi, à fleur de peau, dans l'attente de sa libération.

La route, c'est un peu comme l'amour : on se sent partir, plus rien n'importe que d'être là, en train de le vivre, tendu vers un but qui n'a parfois pas de nom, qui peut fuir et changer à mesure qu'on avance, un but dont l'intérêt est justement de n'être jamais final, un but qui n'est pas du côté de la mort, mais, dans son mouvement de résurrection perpétuelle, la glorification même de la vie.

Je suis partie ce matin. C'est le téléphone qui m'a réveillée. Je n'ai pas décroché. Au répondeur, Oscar a demandé si je dormais, ajouté un mot tendre.

J'avais chaud, trop chaud. D'un coup de pied j'ai envoyé la couette au fond du lit, d'un geste j'ai enlevé et jeté par terre ma chemise de nuit.

Là-bas, c'est la Cité des Arts. Un studio à Montmartre, dans un parc laissé au charme de l'abandon, sur la butte, plein nord. Des voisins venus du monde entier, Jorge, peintre vénézuélien, Vittorio, guitariste italien, Oliver, photographe américain, Nick, plasticien anglais, Damian, peintre roumain... Quelque chose d'une cité U, en plus vieux, plus bohème... Punaisés aux murs, des affiches, des cartes postales et des collages réalisés par des amis... Côte à côte, deux lits à une place, propriété de la Cité, qui fournit aussi un bureau, une chaise, un tabouret, un fauteuil, une étagère, une plaque chauffante et un frigo, le tout datant des années soixante, et largement entamé par l'usure du temps.

Les après-midi d'été, on étend son linge dehors, en se piquant un peu les jambes aux orties. Le soir, en marchant entre les bâtiments par les allées pavées et sombres du parc, on voit, à travers les baies vitrées, les ateliers d'artistes, hauts duplex illuminés. On prépare un barbecue, on s'installe entre les arbres, autour d'une table, avec une bouteille de vin. Des voisins arrivent, avec d'autres bouteilles, on allume des bougies. Des chats courent entre les taillis, on est heureux.

Un jour, après une nuit de discussions et de disputes avec Oscar à propos de problèmes d'argent, j'ai croisé les voisins du dessus, sur le pas de la porte. Ils ont une petite fille, il est déjà âgé, et ils sont toujours aussi pauvres. Elle m'a dit : « Je trouve que nous avons tous une chance extraordinaire, ici. Nous faisons ce que nous aimons. »

Cela ne lui ressemble pas d'appeler si tôt. Mais il avait travaillé toute la nuit avec Étienne, ils ne s'étaient pas couchés. Il disait qu'il serait de retour dès cet après-midi.

Je me demande pourquoi je n'ai pas répondu. Il a peut-être cru que je n'étais pas à la maison, que j'avais dormi ailleurs.

Il n'était parti que trois jours, dans ce manoir à une heure de Paris, où Étienne et lui se réfugient de temps en temps pour écrire leur premier film. Je l'aime, je ne veux pas lui faire du mal. Mais ce matin je finissais par croire moi-même que j'étais réellement absente.

J'ai rempli mon sac de voyage, enfilé un pull, un caleçon, et mon anorak. Je suis descendue dans la rue, j'ai pris la voiture, et j'ai roulé, vers le sud.

Le soleil a décrit tranquillement son arc de cercle au-dessus de l'autoroute. Au début, je ne pensais à rien. La plaine défilait, j'écoutais la radio.

Vers le début de l'après-midi, j'ai commencé à regretter de ne l'avoir pas prévenu de mon départ, et même à regretter d'être partie. À la première station, je me suis arrêtée, pour lui téléphoner. J'avais encore le temps de rentrer à Paris avant le soir. Je lui dirais qu'il m'avait pris je ne sais quelle lubie d'escapade, mais que cela m'avait passé. Cela l'amuserait, il comprendrait ce que je ne comprenais pas moi-même, il me rassurerait. Je me sentais très amoureuse, j'étais terriblement pressée d'entendre sa voix.

J'ai dépassé la station-service, je me suis garée devant le restaurant. Il n'y avait presque personne à l'intérieur. Je suis allée tout de suite au téléphone. Il y a eu trois sonneries, et puis le déclic du magnétophone, et sa voix qui demandait qu'on lui laisse un message.

Sa voix. Il était donc déjà rentré. Il avait dû m'attendre un peu, regarder si je n'avais pas laissé un mot. Non, c'est moi qui aurais fait cela. Lui n'est pas du genre à s'inquiéter. Il avait dû se dire que j'étais peut-être allée à la piscine avec Florence, ou visiter une galerie avec Mary. Et lui, où était-il reparti?

Il avait changé la musique du répondeur, ce devait être un extrait du générique d'une série télévisée, mais je n'arrivais pas à me souvenir de laquelle. Après le bip sonore je n'ai rien dit. Je n'ai pas raccroché tout de suite non plus, comme si j'attendais encore qu'il me réponde. Finalement j'ai refait le numéro, je l'ai écouté encore, et j'ai de nouveau renoncé à parler.

J'avais faim. J'ai pris un plateau au snack, je l'ai garni de tout ce qui me faisait envie, je me suis assise près de la baie vitrée, et j'ai mangé de bon appétit. Puis je suis allée me chercher un café, et je l'ai bu en fumant une cigarette.

Maintenant je me sentais tout à fait bien. Tout à fait seule, et bien. Je m'étais promis de le rappeler après mon repas, mais cela ne me semblait plus aussi urgent. Finalement je n'y ai plus pensé. Ce qui me préoccupait le plus, c'était de ne pas me souvenir d'où venait cette musique sur le répondeur.

J'ai repris l'autoroute, toujours vers le sud, et je me suis torturé la mémoire pendant quelques dizaines de kilomètres encore, à passer mentalement en revue toutes les séries télévisées que je pouvais connaître, et à tenter de retrouver l'air de leur générique. Au bout de tout ce temps, je me suis rendu compte que je ne me souvenais même plus de celui que j'avais entendu sur le répondeur.

Vers la fin de l'après-midi, il s'est mis à pleuvoir. Je roulais sur cette route droite et déserte des Landes, que j'ai si souvent empruntée et que j'aime tant, bordée d'un océan de pins qui s'étend de tous côtés à l'infini. Quand les premières gouttes se sont écrasées sur le pare-brise, je me suis demandé : la pluie commence-t-elle à tomber dans la dimension du temps, ou dans celle de l'espace? Je me pose cette question chaque fois que je roule et qu'il se met à pleuvoir, et chaque fois je finis par m'enfoncer dans une spirale de questions qui ne débouchent jamais sur aucune réponse.

Quelque part à travers les étendues des Landes, les aiguilles de la montre du tableau de bord se sont mises à avancer de plus en plus lentement. D'abord je n'ai rien remarqué. Et puis on a annoncé l'heure à la radio, et j'ai compris que la montre était en train de s'arrêter. Apparemment, il y avait un problème dans le circuit électrique, sans doute à cause de la pluie qui avait dû s'infiltrer partout.

J'ai pris le raccourci inventé par Oscar, une petite route de campagne tortueuse, juste pour passer par Morlaas, juste pour le plaisir de regarder encore une fois la cathédrale. Le plaisir.

À Lourdes, les phares se sont mis à faiblir, les essuie-glaces à aller et venir lentement, en soulevant à chaque passage des gerbes d'eau.

À Lers, les premières traces de neige sont apparues sur les bas-côtés de la route. Il ne pleuvait plus. J'ai encouragé ma voiture à voix haute, en lui parlant tendrement, pour qu'elle ne me lâche pas avant de m'avoir amenée jusqu'à la bergerie. J'ai prié aussi pour qu'aucun gendarme ne me croise, avec mes phares qui éclairaient à peine. Mais la route était absolument déserte, et heureusement, j'en connais par cœur chaque virage. J'ai continué à grimper. La radio ne marchait plus, mais j'ai pensé qu'il ne devait pas être loin de minuit.

Finalement je suis arrivée à Éralitz. Si la voiture était alors tombée en panne, il ne me serait plus resté qu'une heure de marche, tout au plus, pour arriver à la bergerie. Je me suis sentie soulagée. La route n'arrêtait pas de monter et, comme chaque fois, l'exaltation montait en moi en même temps. Maintenant j'étais tout près de ma montagne, mon refuge.

À la sortie du village, complètement endormi,

des congères s'élevaient de chaque côté de la petite route forestière. J'ai baissé la vitre, pour respirer l'air froid et vif. Je me suis garée devant le refuge, et je suis descendue de voiture. Le ciel était blanc d'étoiles.

Il faut marcher dans la neige un bon quart d'heure. Et puis, au détour d'un lacet, l'ombre dense de la forêt laisse la place à l'étendue pâle de la prairie, et la voilà, la silhouette sombre de la petite maison de pierre accolée à la montagne, le toit couvert d'un manteau blanc, comme sur les cartes postales. Entre les branches un oiseau de nuit ulule, dans la vallée le gave gronde, la neige crisse sous mes baskets et pénètre à l'intérieur, la lampe de poche éclaire juste assez pour faire un pas après l'autre, mon sac devient lourd, la forêt craque, je m'essouffle un peu à force de monter mais je ne ralentis pas, et voilà, j'y suis, avec la pelle pendue sous le toit je creuse dans la neige pour dégager l'entrée, la clé dans la serrure fait un clac bien net dans le silence, les volets grincent un peu en tournant lourdement sur leurs gonds, je pousse la porte, j'entre.

Ouvrir le compteur, allumer la lumière, les

radiateurs, vérifier que tout est en place, en bas et à l'étage, que les mulots n'ont pas mangé les livres, retourner dehors pour dégager encore un peu le passage devant la maison, sortir l'échelle pour aller enlever la neige accumulée sur la cheminée, rentrer, faire du feu... Et rester assise devant, avec un bol de tisane fumante et une cigarette, les pieds maintenant bien au chaud dans les chaussures de montagne, des heures devant la cheminée, à alimenter et observer le feu.

Une fois au lit, comme le sommeil ne venait toujours pas, j'ai pris un stylo et du papier, et malgré le froid, j'ai écrit jusqu'à l'aube, jusqu'à maintenant où je vais enfin m'endormir.

2

Tout est resté ici, dans mon repaire. Les quelques objets rescapés d'une dizaine de déménagements, les albums de photos, les lettres d'amour, les dessins et les poèmes d'enfants, les vieux livres de cuisine, tous les livres, même mes livres de lycée, le Gaffiot, les grammaires grecques... J'ai acheté la bergerie avant de quitter la France et j'y ai tout laissé, pour avoir toujours un endroit où retrouver mes fils, Noé et Piero. Et maintenant c'est moi-même que je suis venue y chercher.

Je me suis réveillée au début de l'après-midi. Il neigeait un peu, la montagne était magnifique. On ne voyait pas le pic du Midi, noyé dans un brouillard blanc, mais on distinguait parfaitement l'extraordinaire crête dentelée de l'Ardiden.

J'ai appelé Oscar, et encore une fois, je suis tombée sur le répondeur. J'ai dit que j'étais à Éralitz, et j'ai raccroché. Je suis restée assise sur le lit, pensive, les yeux fixés sur le pic du Midi, qui restait invisible. Les flocons, rares, qui voltigeaient doucement, faisaient un écran de douceur derrière les vitres.

C'était étrange. Dès mon départ, hier, ma voix avait disparu du répondeur. Comme si j'avais été moi-même aussitôt gommée. Ou comme si je n'avais jamais existé, dans cette autre vie, là-bas.

À la cuisine, il restait une boîte de lait concentré, de la semoule de blé, à l'abri dans un pot en verre, et, dans une boîte à café, du sucre roux parfumé par des gousses de vanille ouvertes. Je me suis fait un laitage, que j'ai dévoré tout chaud.

J'ai pris un sac à dos, et je suis descendue. Les remontées mécaniques sont toujours immobiles, le refuge fermé. La saison de ski n'a pas encore débuté. J'ai essayé toutes les méthodes, avec ou sans starter, j'ai remis de l'huile et de l'antigel dans le moteur, mais rien à faire. La voiture a refusé de démarrer. Je suis descendue au village à pied, par les lacets de la forêt. *La neige croustille sous leurs pas*, a écrit Piero dans un de ses « romans ». De temps en temps j'entendais le cri noir des corbeaux, une petite branche de hêtre craquer.

Le garagiste a promis de monter voir la voiture. Je lui ai dit que la clé était restée sur le contact. L'épicerie était fermée, mais le boulanger et le boucher étaient là, et j'ai pu faire des courses suffisantes jusqu'à demain. Le boucher m'a demandé s'il y avait beaucoup de neige, là-haut, et si j'étais ici pour longtemps. Je suis passée aussi à la poste, pour signaler au receveur que j'étais là. Si jamais il arrive une lettre pour moi, il la gardera, au lieu de la faire suivre à Paris.

Je n'ai aucune idée de ce que sera la durée de mon séjour ici, mais je devrai au moins attendre que la voiture soit réparée. Le mécanicien m'a téléphoné tout à l'heure, pour me dire qu'il était passé prendre ma batterie, et qu'il allait la mettre à recharger toute la nuit. Ensuite il devra revenir, pour régler une histoire de courroie et d'alternateur.

En rentrant à la maison, après toute cette montée à pied depuis le village, tous mes muscles étaient chauds, le sang affluait sous ma peau, j'étais réellement bien. J'ai bu un grand verre d'eau du robinet, délicieuse, glacée. Le téléphone a sonné juste quand j'étais dans ma chambre, en train d'enlever mon caleçon pour le faire sécher. C'était Oscar. Je me suis glissée sous la couette, et nous avons parlé, plus d'une heure.

Plus tard j'ai regardé le top sur Canal. Il y avait le clip de Bashung, *Madame rêve*, où Fanny Ardant, à un moment, se baisse pour lui lacer amoureusement ses chaussures. L'image m'a violemment émue. J'aurais voulu être à sa place, j'en aurais profité pour baiser les chevilles de l'homme, d'Oscar.

Au début, je croyais que j'étais amoureuse de lui parce qu'il était jeune. Une femme qui aime un homme plus jeune qu'elle se pose toujours des questions. Il traîne toujours l'idée qu'il y a là quelque chose de pas très normal, une vague culpabilité. Surtout si, de plus, l'homme ne gagne pas très bien sa vie. Au cœur de la plupart des femmes, demeure plus que jamais la peur de se faire avoir, et même, tout au fond, le sentiment ancestral que c'est à l'homme de payer. Et c'est le regard des autres, souvent, qui est difficile à supporter. Nous vivons dans un monde si peu généreux.

Maintenant, je sais que je l'aime parce que avec lui je m'amuse bien, une simple promenade en ville devient une vraie fête, le monde est un univers débordant de rêves à conquérir, avec lui les gens et les lieux sont extraordinaires ou infâmes, mais jamais sans importance, avec lui tout est plus drôle et plus grand, avec lui tout, tout est meilleur.

D'ici, je ne vois personne, que la montagne. Quand elle n'est pas elle-même avalée par la brume. Mais d'habitude, le refuge est ouvert, et j'y ai des amis. L'hiver, quand une tempête de neige coupe la route, je sais que je peux compter sur eux. Il y a aussi les gendarmes, qui passent à skis, voir si tout va bien.

Ce soir, il avait cessé de neiger. Je suis sortie pour regarder les étoiles. Au long des nuits et au long des saisons, le ciel bascule et change de visage, après chaque séjour à Paris, j'y vois avec plaisir la marque du temps qui passe, mais l'étoile Polaire reste à sa place, fixe, face à la porte de ma maison, pas aussi brillante qu'on le croit parfois, mais obstinée, à la fois repère et pivot.

On voyait les petites lumières, au sommet du pic du Midi. Eux aussi devaient être en train de regarder le ciel. Je rêve de leur vie d'équipage, là-haut, dans les bâtiments de l'observatoire, quand ils sont seuls au milieu des neiges, avec les coupoles qui s'ouvrent sur les grands télescopes pointés vers le ciel.

Quand il est là, Noé me parle des mystères de l'univers, me raconte ce qu'écrit Stephen Hawking sur la mécanique quantique et la relativité, et j'écoute surtout ce qu'il dit du temps, qui est une dimension variable comme une autre, même si on n'arrive pas à l'imaginer. Noé dit que la science rend tout ce qui est beau encore plus beau.

Au téléphone, j'ai dit à Oscar que j'avais recommencé à écrire. Je n'avais rien prémédité, mais j'ai l'impression que c'est pour ça que je suis partie. Je lui ai dit que j'avais envie de parler de nos trois ans de vie. Il n'a pas peur, il m'encourage. Je voudrais écrire comme on aime, comme on torée, que mon roman soit une corrida.

Écrire cette histoire, c'est moins m'exposer au public, que m'exposer encore un peu plus à Oscar.

Les mots ont un tel pouvoir. Je me souviens des premières heures d'une ancienne passion. Au milieu de la nuit, j'étais allée chercher D. dans son lit, pour le prier de venir dans le mien. Au matin, il m'avait demandé : « Tu n'as rien à me dire? »

Nous le savions l'un et l'autre, ce que j'avais à lui dire. C'était « je t'aime ». Mais justement, même si toute ma personne, tous mes faits et gestes criaient cette vérité, je sentais confusément que les mots achèveraient de me dénuder, qu'en me dépouillant de ma dernière pudeur ils me laisseraient sans aucune protection, infiniment vulnérable. Je savais qu'une fois dit, mon amour deviendrait alors complètement envahissant, inéluctable, que je ne pourrais plus jamais m'en échapper. Et c'est exactement ce qui s'est passé. Car j'ai résisté un moment, et puis j'ai prononcé les paroles fatales.

Comme, aujourd'hui, je les écris.

3

Oscar me manque. Je lui téléphone souvent, dans la journée, la nuit. Il ne demande pas pourquoi je ne reviens pas, maintenant que la voiture est réparée. Il comprend. Je m'inquiète pour la facture de téléphone. Oscar me dit de ne me soucier de rien, il va trouver de l'argent, il s'occupe de tout.

De toute façon, ici, ce vieux problème me préoccupe moins. Tous les problèmes, ici, me semblent plus lointains. Si je ne descends pas au village de deux ou trois jours, ou si j'y arrive trop tard pour acheter le journal, ça n'est pas si grave. Le soir, au lieu de regarder la télévision ou de sortir, je reste devant le feu, ou je consulte encore une fois ma carte du ciel, et j'observe les étoiles, qui sont comme des amies pas si lointaines, puisque nous sommes toutes du même univers.

Au tout début, quand nous ne vivons pas encore ensemble, je peux être, d'un jour à l'autre, amoureuse à mourir, ou très détachée. J'ai souvent éprouvé la nostalgie, par la suite, de cette période où je pouvais oublier ma passion si facilement. Un jour par exemple, il vient me voir alors que je ne l'attends pas. Je travaille, je me sens plutôt dérangée par sa visite. J'aurais préféré continuer à écrire.

D'autres fois, je ne peux m'empêcher d'embrasser ses pieds avec ferveur, en signe d'adoration. Comme il n'aime pas ça du tout, la plupart du temps je me retiens de le faire. C'est drôle comme un fantasme non partagé peut introduire de l'humour dans une situation amoureuse, et en même temps exacerber le désir. Amusée par la dimension comique du malentendu, je ressens aussi vivement combien une pulsion contrariée peut devenir encore plus excitante.

Assez rapidement, après notre rencontre, nous devons vivre, chacun de notre côté, des séparations douloureuses. Un jour de cette période très troublée, à six heures du matin, au bout d'une nuit blanche de discussions et de larmes, on sonne à la porte, alors que nous sommes en train de faire l'amour.

C'est l'ancienne amie d'Oscar, qui vient de s'échapper de l'hôpital où elle est soignée, après une crise de dépression. Il s'habille rapidement, et il descend. De la fenêtre, je les vois s'éloigner lentement. Il a passé son bras autour de son épaule, elle semble abrutie par les tranquillisants.

Près de deux heures je l'attends, seule dans l'appartement. J'ignore ce qui se passe, je suis hypnotisée par l'angoisse, le manque de sommeil. Quand il revient, blême, épuisé, il veut tout de suite recommencer à faire l'amour.

Dans la même période, quand je pleure, il entre parfois dans une violente colère, parce qu'il ne le supporte pas, ou bien il a tout de suite envie de me faire l'amour.

Maintenant nous en avons fini avec ces jeux. J'ai peu de goût pour la douleur, même si elle rend le plaisir parfois plus supportable. D'abord on a l'impression que la douleur exacerbe le plaisir, et puis on se rend compte qu'elle finit par l'entamer. Je suis vite revenue à ce qui m'a toujours davantage comblée, une gourmandise plus joyeuse.

Notre première rencontre, c'est un vendredi, à sept heures du soir. Nous sortons d'un cours de D.E.A., à la fac de lettres de Bordeaux. Ce doit être au mois de novembre, parce qu'il fait déjà nuit, et surtout parce que je ne connais encore personne. Les étudiants se sont éparpillés sur le parking, et se sont répartis dans les voitures, pour rentrer en ville.

Je m'apprête à démarrer, moi aussi, quand l'un d'eux me rejoint en courant, et me demande si je peux le ramener. C'est Oscar. Je ne l'ai pas remarqué, avant, et je ne ressens rien de particulier en le voyant. Je ne vais pas du tout dans la même direction, mais je le raccompagne, pour lui rendre service.

Après l'avoir déposé, je dois être distraite, car je veux prendre un raccourci, et je me perds. Je tourne un bon moment, avant de retrouver le chemin de la maison.

Plus tard, nous sommes très souvent assis l'un à côté de l'autre, en cours, le vendredi soir et le samedi matin. Chaque fois que je mets une jupe, il regarde mes jambes. Moi, j'aime deviner ses épaules et son torse, sous le pull. Il y a aussi ce vieux jean, tout délavé, qu'il ne met pas souvent parce qu'il doit être devenu un peu trop étroit pour lui, mais qui met merveilleusement en valeur ses fesses et son sexe.

Pendant plusieurs mois, il ne se passe rien d'autre que ces quelques échanges de regards discrets et ces brèves conversations de fin de semaine, sans doute vite oubliés de part et d'autre. Je dis sans doute parce que je n'ai jamais pensé à lui demander ce qu'il en était, pour sa part, et pour ma part je ne m'en souviens pas.

Vers la fin de l'année scolaire, nous commençons à nous voir en dehors de la fac, et ensuite tout va très vite. Je décide de vivre seule, avec mes fils, et je déménage. C'est l'été, les enfants sont partis en vacances chez leur père, comme ils en ont l'habitude depuis longtemps. Je décide d'arrêter de voir Oscar, parce que l'aimer semble trop difficile, parce que mon ancien ami est toujours là, parce que ma vie sentimentale devient beaucoup trop embrouillée et douloureuse. De son côté, c'est pire encore.

Il me semble qu'il y a plusieurs ruptures et plusieurs retours, je ne me souviens plus très bien, tout est alors tellement compliqué et incertain... De notre vie, nous n'avons jamais autant pleuré, tous les deux. Pourtant il y a aussi des journées très joyeuses, je suis contente de mon nouvel appartement, de ma nouvelle liberté, et c'est un bel automne.

Quand nous avons, chacun de notre côté, réussi à quitter notre ancienne vie et notre ancien amour, quand il est venu s'installer à la maison, tout a changé. Nous vivions comme des cigales, dans l'insouciance et le plaisir. Notre journée ne se terminait jamais avant quatre ou cinq heures du matin. Quand celle des enfants commençait, vers sept heures, je n'allais plus les réveiller d'une voix douce, je n'allais plus, une heure plus tard, les accompagner sur le pas de la porte avec un dernier baiser, comme je l'avais fait pendant des années. Noé, treize ans, et Piero, neuf ans, se levaient seuls, préparaient eux-mêmes leur petit déjeuner, se lavaient, s'habillaient, mettaient leur cartable sur leur dos et partaient, seuls, chacun à leur heure, chacun de leur côté. Je dormais encore, épuisée d'amour.

Une fois, en me levant, j'ai poussé un cri. Alors

que je croyais l'appartement vide, Piero venait à ma rencontre dans le couloir. Lui aussi a eu peur, en m'entendant crier. Il ne s'était pas réveillé à temps, il était resté dans sa chambre, à inventer une de ses histoires compliquées avec ses Lego, sans allumer son radio-K7, et en prenant garde à ne pas faire ses voix et ses bruitages trop fort. Il avait une petite mine embarrassée, parce qu'il avait raté l'école, et parce qu'il m'avait fait peur. Nous sommes allés ensemble chercher quelque chose au McDo d'à côté, je lui ai fait un mot d'excuse, et il est parti à l'école pour l'après-midi. Le soir, pour une fois, je suis allée l'attendre à la sortie des classes.

À la rentrée suivante, Oscar et moi avons quitté la France, et les enfants sont partis vivre chez leur père.

Quand je me rappelle ces quelques mois où nous avons vécu ensemble, à Bordeaux, je revois le soleil entrant à flots dans l'appartement, quelques soirées au pub voisin, un pique-nique au bord de la Garonne avec les amis d'Oscar...

Et puis, à la fin, mes premières nuits dans la bergerie, avec Noé et Piero, et aussi Julien, mon frère, et José, qui devaient faire les travaux d'aménagement. On dormait dans le foin, en haut. L'eau de la source arrivait déjà au robinet, mais l'électricité n'était pas encore installée. En bas, une rigole traversait la pièce. Julien et José ont dû sortir tous les énormes rochers, qui étaient enfoncés dans la terre comme des icebergs, pour refaire le sol. Ensuite, toutes ces grosses pierres entassées devant la maison ont fait comme une nouvelle montagne, où on grimpait pour lézarder au soleil.

Il nous fallait partir, loin. Oscar a renoncé à aller faire sa thèse à l'université de Baton Rouge, en Louisiane. Il avait déjà dans l'idée de se lancer dans le cinéma. Un peu au hasard, mais sans doute à cause de la perspective des grands espaces vierges, nous avons pris l'avion pour Montréal.

4

En arrivant à Mirabel, nous avons avancé doucement dans le long couloir de l'aéroport. Nous ne savions pas encore où aller. Une fois tout près de la sortie, nous nous sommes arrêtés pour nous consulter. Oscar est parti à la recherche d'un bureau d'information, et moi je me suis assise derrière la baie vitrée, à côté du chariot plus chargé de bagages qu'une voiture d'immigrants sur une route du sud-ouest de la France.

Quelques semaines plus tôt, j'avais téléphoné à mon éditeur de Montréal, pour le prévenir de ma décision de m'installer au Québec. Oscar, qui croit toujours que les gens sont accueillants et généreux comme lui, me disait tu vas voir, il va te recevoir comme une reine. Mais la nouvelle n'avait pas fait sauter mon éditeur au plafond, il m'avait juste prévenue que ça n'était pas si facile, de venir vivre ici.

Oscar est revenu avec les dépliants publicitaires, et nous avons choisi un hôtel très bon marché, sur Saint-Hubert. Du taxi, nous avons regardé défiler la vaste et plate campagne, prise dans la douceur des derniers jours du fameux été indien, les arbres rougissant par toutes les teintes de la gamme.

L'hôtel, face à la gare des bus, était tenu par des Hindous qui parlaient anglais, à la grande joie d'Oscar, qui saisit toujours l'occasion d'exercer son accent avec l'excitation d'un enfant devant un jouet. Nous avons monté nos valises en trois allers-retours dans la chambre minable, nous avons pris une douche, et nous sommes sortis.

Il était dans les quatre ou cinq heures de l'après-midi, il faisait froid et déjà gris. Nous avions fait la fête la veille, à Paris, nous avions dans le corps une nuit blanche, suivie d'au moins douze heures de voyage, dont huit de vol dans un vieux charter pourri et bruyant, sans film, et six heures de décalage horaire.

Apparemment, nous étions les seuls ici à nous

rendre compte du froid. Les gens marchaient en chemise dans le dimanche sinistre, par les rues mornes et les terrains vagues du centre-est de la ville, sous le ciel sans couleur, et tout semblait très naturel pour eux.

Nous avons rejoint le centre et nous nous sommes attablés dans un Howard Johnson, sur Sainte-Catherine, devant un quart de poulet et deux grands verres d'eau remplis de glace. J'ai vu qu'Oscar était si déçu par cette première approche de la ville qu'il aurait pu se mettre à pleurer. Il avait tant rêvé de partir, et depuis si longtemps. Et voilà qu'enfin il l'avait fait, et c'était comme de se réveiller.

Les jours suivants, nous avons arpenté la ville pendant des heures, frissonnant tour à tour de froid et de fièvre. Nous avions tous les deux attrapé une grippe violente, que nous soignions à coups de médicaments tout aussi violents, en vente comme des bonbons dans n'importe quelle épicerie. Nous étions maintenant dans un petit hôtel un peu plus confortable, sur Saint-Denis, près du square Saint-Louis, en plein quartier étudiant. Les pilules antigrippe nous plongeaient dans un état d'hébétude, et nous parcourions à pied des kilomètres, d'est en ouest et du nord au sud, par les longues rues rectilignes, tels des fantômes enfiévrés, à la recherche d'un appartement dans un quartier agréable.

Finalement nous avons trouvé un deux-pièces, au quatrième et dernier étage d'un immeuble de la rue Aylmer, une rue charmante bordée de maisons coquettes, tout près du centre-ville à l'américaine.

Soirée d'automne à Montréal, Oscar allongé sur la moquette, moi couchée dans le canapé, les jambes en l'air contre le mur, admirant la dentelle de mes bas. Il ne pleut plus depuis un bon moment, je crois, mais comme je regarde dehors, je vois soudain que les gouttes se mettent à tomber le long de la vitre, pas des gouttes nouvelles, celles de tout à l'heure, qui étaient restées accrochées là. Pourquoi se remettent-elles à couler, peut-être un petit coup de vent, ou alors, oui, il s'est remis à pleuvoir. Lui regarde toujours la télé, il zappe comme un fou entre les trente-deux chaînes, là c'est Max la Menace en anglais, il me dit regarde, je jette un œil et puis je reviens au dehors, à la nuit, avec la lampe ronde qui se reflète, les gouttes qui gouttent, et encore quelques appartements éclairés dans les immeubles d'en face, plus beaucoup, il doit être déjà tard, trois heures du matin, quatre peut-être, on attend toujours pour se coucher que la nuit soit si avancée qu'il semble que plus rien n'existe.

Parfois je me demande s'il n'y aurait pas, là derrière, un voyeur avec des jumelles, qui nous regarderait quand on fait l'amour, ou même quand on ne fait rien. Tout ce qui se passe derrière ces dizaines de fenêtres... J'ai déjà observé le voisin de l'immeuble d'en face, juste au-dessous de nous, c'est un étudiant, il a une table avec des papiers épars et un petit drapeau canadien, la feuille d'érable rouge. Pour le voir, il faut que je me mette sur le balcon, mais il n'est pas souvent là, et quand il est là il ne fait rien. Il s'assoit à côté de la table sur un fauteuil de toile, il prend un livre et il lit, il a l'air vaguement de lire. Bien qu'il ne soit pas un très bon sujet d'observation, je me mets à rêver sur sa vie. Je ne voudrais pas qu'on nous regarde, Oscar et moi, je vérifie toujours si on ne risque pas d'être vus, mais d'un autre côté je me dis celui qui nous verrait aurait un spectacle bien plus intéressant que celui que m'offre mon voisin.

Pour l'instant, ici, les miroirs ne nous renvoient encore qu'à nous-mêmes.

Chaque fois que, des baies vitrées de l'appartement, je voyais, tout en bas, passer dans la rue Aylmer un de ces cars scolaires jaunes, ou pire, un petit enfant, le cartable sur son dos, je pensais à mes fils, au temps où ils étaient près de moi, où j'allais chaque jour les accompagner et les chercher à l'école. Et je pleurais.

Le malheur des femmes et des hommes est d'être constamment obligé de choisir, de devoir abandonner une voie pour une autre. Mais c'est un malheur bien plus grand encore de n'avoir pas de choix, ou de ne pas s'en donner.

Si je souffrais d'être séparée de mes fils, c'était au moins autant parce que je me trouvais soudain privée de leur soutien, que par crainte de leur manquer.

J'en souffrais, mais je ne le regrettais pas. J'étais libre, je vivais la vie que j'avais envie de vivre.

Oscar écrit des scénarios, rencontre des scénaristes et des producteurs. Après une collaboration à un magazine branché, je travaille régulièrement pour un quotidien très sérieux. Quelques critiques littéraires, et surtout une chronique hebdomadaire, où on m'a demandé de rendre mon point de vue d'étrangère sur le Québec. « Sans complaisance », m'a-t-on précisé. Grâce à quoi, chaque semaine, je me fais copieusement insulter dans le courrier des lecteurs.

Au cours de cet hiver à Montréal, nous comprenons, in vivo, ce que signifie être immigré.

Notre plus grand, notre plus merveilleux ami, c'est Windsor. Écrivain, il vit à Miami, mais fait alors de longs et fréquents séjours au Québec, où il anime une émission de télévision. Il nous a présenté ses nombreux amis, haïtiens comme lui, et je suis tombée amoureuse de l'un d'eux, L.

C'est un amour impossible, pour une foule de raisons, et en premier lieu parce que je ne veux pas risquer de perdre Oscar. Et puis, même si je n'en suis pas du tout persuadée, je me dis que certaines amours sont plus belles, plus troublantes et plus durables quand elles restent impossibles.

Parfois nous allons danser au Keur Samba, une boîte antillaise où nous retrouvons nos amis. Un soir, côte à côte au comptoir du bar, L. et moi nous tenons par la main, très longtemps, en continuant à boire et à bavarder avec notre entourage, comme s'il ne se passait rien.

J'ai très peur qu'Oscar ne s'en aperçoive, non parce que je redoute sa réaction (je sais qu'il ferait semblant de n'avoir rien vu), mais par crainte de le blesser. Pourtant, cette main dans la mienne m'apporte un tel bonheur que je n'arrive pas à m'en détacher. Il y a là quelque chose de désespéré, une émotion peut-être semblable à celle que l'on peut éprouver juste avant de mourir, quand on goûte avec acuité les derniers instants de sa vie, tout en la regrettant infiniment. Parfois je pense que c'est peut-être juste pour cette émotion-là que j'ai aimé L., alors qu'aimer Oscar c'est sans cesse prendre la vie au corps à corps.

Ce soir-là, nous restons jusqu'à la fermeture de la boîte, à danser des biguines très serrées. À la fin de la nuit, tout le monde est terriblement joyeux. Nous nous mettons tous à nous lire mutuellement les lignes de la main. Oscar flirte un peu avec une très jolie Haïtienne. Comme je veux être à la hauteur de sa propre discrétion, je fais en sorte de ne pas les regarder.

La nuit rose des premiers jours de tempête de neige... La couche toute fraîche de neige, encore vierge et brillante, se reflète dans le ciel, qui reste lumineux et rosé toute la nuit.

Je regardais la chaîne de télé Météomédia, en quête de records de froid. Windsor se moquait de moi, m'appelait Miss Météo.

Un soir, comme il fait – 32° , Oscar dit je veux voir ça. Il enlève pull et t-shirt, ouvre la porte, et il sort sur le balcon. Torse nu, face aux mille lumières des tours suspendues dans la nuit, il saute dans la neige, les bras levés en signe de victoire.

Malgré des températures de – 20 à – 30 degrés, certains soirs, et même parfois dans la journée, je refuse de sortir en bottes et pantalon. Je mets une petite robe, un porte-jarretelles, des bas fins, des escarpins à talons hauts. Comme mon manteau ne m'arrive qu'aux genoux, dès que je descends dans la rue, mes jambes se trouvent enserrées dans un étau de glace. Je donne le bras à Oscar, pour ne pas glisser sur le verglas, jusqu'à la station de taxis.

Comme j'ai été belle toute la soirée, Oscar, au retour, n'en est que plus ardent. Souvent nous faisons l'amour avec tant de rage que nous avons l'air de nous violer.

Il y a des choses très intimes que je ne peux pas écrire. Les écrire serait les condamner à mort. Certains rituels de tendresse, par exemple, certains rires, certaines pratiques sexuelles. Tant que ces choses ne sont pas écrites, on peut les revivre mille fois sans avoir l'impression de se répéter. Souvent ce sont de si petites choses, si fragiles. Les dire serait les abîmer, et les refaire après les avoir dites serait se copier soi-même. Contrairement à ce qu'on veut croire dans notre monde de reality show, la parole peut se transformer facilement en voleuse de vie, d'identité et de liberté.

L'encre qui s'écoule de moi, offerte... Même pour le plus misanthrope, écrire c'est aimer. Et celui qui écrit le mieux est celui qui aime le mieux. Vous ne verrez jamais exprimé plus d'amour du genre humain que dans un livre de Céline.

Parfois, quand je me sens envahie par un épuisement proche de celui qui suit l'amour, je pense que cette encre répandue tend à me transformer en un singulier vampire, qui, non content de s'abreuver aux veines des autres, se nourrit aussi de son propre sang. Vie palpitante.

À la fin de l'hiver, une nuit, je reste un long moment dans le salon, debout à contempler la ville. Derrière la baie vitrée, des tours, des immeubles de toutes tailles, ponctués de fenêtres encore éclairées, au loin le néon vert du Holiday Inn, et le vaste ciel, masses nuageuses grises fondues dans l'ombre, devant lesquelles se dévident les nuées sombres comme des fumées.

Trois heures du matin, silence. Au-delà des blocs de béton, le nord, immensités désertes et froides. Montréal, grande ville moderne aux portes du vide. Les sentiments mêlés que j'ai éprouvés pour ce pays depuis mon arrivée (dépaysement et exaltation, puis désillusion) se changent cette nuit-là en un seul sentiment, plus paisible, plus triste et plus beau que tous les autres : la sympathie, au sens fort du terme.

Cette nuit-là, en regardant la ville, figée dans le silence et le froid, il me semble que la conscience endormie des millions de Montréalais, toutes ethnies confondues, abandonnant l'énergie vindicative du jour, de chaque jour comme une lutte perpétuelle, il me semble que cette conscience endormie laisse les âmes à nu, laisse enfin paraître la vérité de l'homme, la grandeur et la misère des ambitions humaines.

Et je pense que ces six mois d'hiver dans la ville enneigée ont été un peu ma robe de mariée, la robe d'une cérémonie pleine de lenteur, sous laquelle guettait une aventure à la fois inquiétante et excitante. Quand Oscar était venu vivre chez moi, à Bordeaux, cela avait encore un fort goût de provisoire. Mais quand nous avons tout abandonné de notre vie d'avant pour venir nous installer à Montréal, quand nous avons choisi d'y vivre ensemble, dans le même appartement, comme deux naufragés sur une île déserte décident de partager la même grotte, pour des raisons de survie, alors j'ai eu l'impression que nous étions deux nouvelles personnes, deux étrangers presque, et que le chemin commençait réellement maintenant, pour une destination qui demeurait inconnue.

Et ce soir, au bout de cet hiver où nous sommes restés bloqués dans les espaces vierges des neiges, face à nous-mêmes, je comprends que la cérémonie s'achève, qu'à travers notre isolement, nos crises de doute et nos élans passionnels, nous avons touché la vérité de l'autre, dans sa nudité, et qu'il nous reste maintenant à partir en voyage pour poursuivre l'exploration, comme on le fait toujours après les noces.

Dès le premier jour de printemps, dès que le soleil, d'un coup, a fait fondre les dernières congères, les rues et les terrasses des cafés se sont remplies de monde. Sur le toit de l'immeuble d'en face, un monsieur à cheveux blancs et lunettes noires, pull jaune et pantalon bleu, a pris l'habitude de venir jouer du violon, assis sur un pliant.

Nous, nous avons décidé de partir pour les États-Unis.

5

Nous avons notre plus grande dispute à New York, ville sauvage. Une nuit, au Chelsea Hotel, une très longue discussion sur la pauvreté et l'immigration, au cours de laquelle nous échangeons des points de vue un peu différents, se transforme en bagarre personnelle.

C'est toujours la même histoire. Sous l'idée, l'homme. Et une bataille d'idées laisse vite percer l'affrontement de deux caractères.

Au milieu de la nuit, donc, la discussion tourne au drame. C'est la première étape du voyage, et notre couple se trouve entièrement remis en question. À la fin, Oscar fait son sac. Tout est terminé. Je commence déjà à réfléchir à ce que je ferai demain, si je continuerai ou non le voyage, seule.

Et puis, je ne sais plus comment, tout se dénoue,

et nous finissons par nous endormir ensemble. L'aube ne doit pas être loin.

Nous nous disputons souvent au cours de ces deux mois, il me semble. Je me souviens qu'une fois, alors que je conduis, dans un endroit plutôt désertique – ce doit être le Nevada –, nous nous énervons tellement qu'il descend de voiture avec son sac, et que je continue à rouler, seule, bien débarrassée.

Après quelques kilomètres, je fais demi-tour, en espérant de tout mon cœur le retrouver. Cette fois-là, le motif de la dispute tournait autour d'une plaque de chocolat.

À l'entrée de Miami, nous cassons la voiture achetée à Montréal. Il fait nuit, Oscar conduit depuis longtemps. Le matin, nous nous sommes arrêtés pour nous baigner à Daytona Beach. Chaleur, beauté de la journée dans le corps. Une seconde d'inattention et, en tournant sur notre gauche, nous percutons la voiture qui arrive en sens inverse, à toute vitesse. Le pare-brise explose, le moteur se met à fumer abondamment.

Nous ne sommes pas blessés, ni l'un ni l'autre. Je sors de la voiture.

J'ai à peine mis le pied dehors qu'un grand type en uniforme, genre Gary Cooper, pose sa main sur mon épaule et me demande si tout va bien, en m'appelant darling, et en me montrant sa carte de détective. Serais-je tombée dans un film? Le détective parle maintenant dans son téléphone portable, le conducteur de l'autre voiture s'effondre de désespoir sur son capot, notre bonne vieille Oldsmobile est complètement défoncée, fichue.

Au bout de deux minutes, nous sommes cernés par les voitures de police. Les gyrophares balancent leurs lumières de toutes parts. On extrait nos bagages de la voiture in extremis, car la dépanneuse, déjà là elle aussi, l'emporte sans plus de détail à la casse, tandis que Gary Cooper, tout en nous poussant dans un taxi, nous laisse sa carte. Goddam, j'aurais bien aimé qu'il m'appelle encore une fois darling, qu'il se préoccupe encore un peu de mon état de santé. Mais tout est plié en moins de deux, c'est sans doute ce qu'on appelle l'efficacité américaine.

Là-dessus, le taxi se perd complètement dans les rues de Miami, et c'est ainsi que nous arrivons chez Windsor, fort en retard, alors que tout le monde dort déjà. Il nous reçoit avec son grand rire habituel, et nous nous installons tous les trois derrière la maison, pour bavarder en sirotant un verre au bord de la piscine, en compagnie d'un gros crapaud qui prend le frais.

Lac, plage, oiseau siffleur, palmiers, flamboyants, arbres à fleurs mauves, arbres poussés en spirale, avec des racines blanches enroulées sur leur tronc et longuement déployées dans l'herbe rugueuse, vent chaud dans les arbres, ciel partout. Miami, en pleine ville.

Réveillée ce matin par le tic-tac de la machine de Windsor. Talent de Windsor. Tic-tac de la machine à écrire, qui compte le temps spasmodiquement, avec des fulgurances et des silences, déconstruit le temps métronomique de l'horloge.

Seule dans un kiosque en bois au bord de la plage, tout autour de l'espace vert les maisons des hommes, et encore le vent, les pages de mon cahier volent, pourquoi écrire ce journal, mon journal? Il me semble que je n'ai jamais fait que ça de ma vie, tenir un journal, sauf dans mon enfance où la vie était brute, jouer au foot dans la rue avec les garçons, pédaler sur un vélo beaucoup trop petit ou beaucoup trop grand, comme si le temps était immobile, vivre comme une jeune bête, sans passé et sans lendemain...

La palissade en bois brut, le buisson vert tendre et ses grosses fleurs jaunes se reflètent dans l'eau turquoise de la piscine, où de rares gouttes de pluie dessinent des cercles concentriques. Toujours un vent tiède sur la peau, le soir va maintenant tomber, on a pris à cinq heures l'unique repas de la journée, bananes frites, griots, salade à l'avocat, riz, sauce aux champignons, gâteau, jus d'orange servi dans de grands verres remplis de glace, café, cigarette, on a discuté un moment sur la terrasse, au bord de la piscine, et de nouveau Windsor est à sa table, il tape, on entend d'ici le bruit presque ininterrompu de la machine...

Moi j'ai besoin de regarder l'eau, de sentir le vent, j'ai la tête comme un courant d'air, traversée par des lumières, des sensations, des escaliers de vertige, c'est comme les feuillages des grands arbres balancés par le vent, on ne sait pas si c'est du bonheur ou du désespoir, une sorte de jouissance dans l'absence à soi-même, le flot du monde, les yeux écarquillés pour tout laisser entrer, la poitrine avide, et l'écriture pour rester quand même accrochée, ou peut-être pour mieux entrer dans l'illusion.

Des gouttes s'écrasent sur le cahier, ce serait plus intime si je pouvais donner aussi au lecteur ces taches d'encre diluée.

C'est à Waukeenah, en Floride, et je suis assise à la porte d'un motel vieillot, tenu par un couple de vieux Vietnamiens, près de Tallahassee. Il pleut sur les pins, les palmiers, le goudron, la Chrysler blanche de location garée devant la chambre. Une grosse pluie serrée et chaude, comme nous en avons eu toute la semaine à Miami. Oscar dort encore.

Je regarde le paysage, la décapotable le Baron. J'aime les voitures.

Je rentre dans la chambre, et je prends trois photos.

D'abord, du fond de la pièce, Oscar endormi, le drap découvrant ses fesses, avec, à l'arrière-plan, la porte ouverte, par laquelle on aperçoit la voiture, la pluie.

Puis, de la porte, les arbres et la route sous la pluie.

Enfin, du ras du trottoir, les herbes et le béton mouillé.

Au milieu d'une route de Louisiane, une tortue. Oscar l'évite, fait demi-tour pour la sortir de là, où elle risque de se faire écraser. Il se gare à l'entrée d'un champ, descend, attrape la tortue... qui lui envoie sur les jambes un long et puissant jet de pisse. Il la pose sur le bas-côté, dans l'herbe, à l'abri du danger, et pour lui apprendre la politesse, se débraguette et lui pisse dessus à son tour.

Au Texas, Oscar ralentit, apostrophe les vaches au bord de la route, avec la voix forte, les expressions et l'accent des paysans du Gers. Les vaches s'arrêtent de ruminer pour l'écouter.

Turlutte en roulant sur la 291 déserte, en direction d'El Dorado. D'une main, je tiens mon chapeau sur ma tête.

Plaisirs de la décapotable, le ciel jusque dans la

voiture et l'air libre sur la peau. De chaque côté de la route, prés à perte de vue, arbres, cactus, vaches brunes, de temps en temps, rarement, panneau de bois annonçant un ranch. L'un d'eux s'appelle *High Lonesome*.

Plus tard, grandioses déserts, falaises et collines arides, semées de touffes d'herbes. Dîner à Iraan, bled à cow-boys, large route centrale, quelques baraques de chaque côté, perdu et poussiéreux. Seul restaurant, où nous sommes les seuls. Steak du pays, viande très tendre au goût prononcé, accentué par les rondelles d'oignons et de poivrons verts.

Une autre fois, en Arkansas, même séance d'amour en roulant, voiture décapotée, mais la nuit, par temps d'orage, sous un ciel très noir, tout zébré d'éclairs.

Montagnes étendues à l'infini, superposant leurs lignes dans la brume bleue, canyons, volcans, arches de pierre, forêts de cactus, roche blanche, roche rouge, champs de lave noire, soleil dur, horizons démesurés, déserts de sable ou de cailloux, seulement interrompus par le ruban goudronné de la route que la voiture avale...

Et les villes, La Nouvelle-Orléans, ville de joie, San Francisco, ville amusante, Las Vegas, ville électrique, Salt Lake City, ville comptable, El Paso, ville barrière, Tombstone, ville fantôme...

Et le couple de vieux dans un bar de Plattsburgh, seul public d'un groupe de rock hurlant dans les micros d'une scène minuscule,

et les amish sur leurs carrioles dans l'odeur d'herbe coupée,

et les mille lumières d'une usine, la nuit, dans la puanteur moite de la Géorgie,

et le lit immense du Prytania Inn à La Nouvelle-Orléans,

et Lucie Brind'amour à Baton Rouge, Hunt à Austin, Warren et Marie à Boulder, Mary et George à New York,

et l'Indien des Indes devant son match de cricket télévisé, à Socorro,

et ma première vraie rencontre avec un Indien d'Amérique, en plein territoire Navajo, au bord d'une petite route, sous un coucher de soleil flamboyant, cet Indien avec sa natte dans le dos et l'uniforme traditionnel du policeman, qui m'a arrêtée pour excès de vitesse, et les grands sauts, pieds nus, dans la poudre chaude des White Sands,

et le vieux qui racontait sa vie, dans le premier bar à la sortie de Death Valley,

et la serveuse à voix grave dans un restaurant espagnol de Tucson,

et le moment où la machine à sous, à Las Vegas, n'arrêtait plus de cracher des pièces,

et dans le Sud les petites filles noires avec des nœuds de couleurs vives dans les cheveux,

et la pluie diluvienne dans le bayou de l'Atchafalaya,

et les obsédants panneaux *We support our troups*,

et le type au chien à lunettes noires, à minuit dans Greenwich Village,

et l'odeur de chèvrefeuille à Central Park,

et sur le trottoir sale un homeless endormi sur un sac plastique portant l'inscription *I love New York*,

et le jardin minuscule et clôturé reproduisant la flore qui existerait encore sur Manhattan si on n'y avait construit la ville,

et le fragment d'une vieille poterie indienne découvert et offert par un couple d'archéologues, quelque part dans les Rocheuses,

et les yeux noirs des enfants indiens,

et le Bordelais à tête de boxeur dans un Greyhound,

et les tables de pique-nique au pied du monument de Geronimo,

et le Noir qui jouait de la guitare sous un soleil de plomb, dans un petit passage de la ville minière de Bisbee,

et la chaleur, la lumière et les ciels immenses,

et le train aux cent wagons qui traversait une ville fantôme,

et le diable de boue que j'avais façonné dans la fournaise de la Vallée de la Mort...

Route, motels, route, celui qui ne conduisait pas s'allongeait dans la décapotable, mangeait des yeux le ciel bleu-blanc ou étoilé, mangeait le vent, ou s'asseyait sur le capot, à l'arrière, les pieds sur le siège, et dominait la route, fendait le paysage, ivre de vie.

6

Autant que je m'en souvienne, j'ai toujours écrit pour dire que j'aimais. Dans mes cahiers, dont il ne me reste que la moitié, puisque à dix-sept ans j'ai brûlé tous ceux des années précédentes; dans mes lettres, tous mes petits textes, mes romans... Au point de ne plus très bien savoir si j'écris pour mieux aimer, ou si j'aime pour mieux écrire.

Même dans des aventures assez brèves, j'ai toujours éprouvé un sentiment amoureux, au moins fugace, ou secret. Oscar dit que c'est la même chose pour lui. Depuis le début il est évident, pour lui comme pour moi, que chacun de nous garde sa liberté. Mais ce n'est pas si facile d'aimer aussi ailleurs, quand on s'aime. Bien sûr il y a la peur du sida, normale et bien réelle, mais c'est parfois commode de cacher sous cette peur-là d'autres peurs tout aussi normales, comme celle de perdre un amour. Une peur moins facile à avouer, et contre laquelle il est aussi plus difficile de se protéger.

Devant un homme qui m'attire, je me maudis parfois de pouvoir être encore comme une petite fille, comme si c'était la première fois, la vraie première fois, envahie d'un mélange d'effroi et de hardiesse, bête à mourir. N'est-ce pas pourtant justement à cause de ce miracle qu'on aime être saisi par le sentiment amoureux, à cause de cette fragilité où il nous précipite, renvoyant toute expérience à l'oubli et à l'inutilité, nous exposant au monde dans notre misère et notre nudité, avec pour seule arme de survie notre désir?

C'est drôle, quand je pense à ceux qui ont aimé avant moi, ce sont d'abord des hommes qui me viennent à l'esprit. Nerval, Verlaine, Schwob. Kafka. J'ai l'impression de si bien les comprendre. Parce que j'ai de la tendresse pour les premiers, et parce que je suis amoureuse de Kafka. Comprend-on vraiment mieux ceux qu'on aime?

Ce que je suis, c'est toutes les femmes, parce que nous sommes toutes des amoureuses, la *Parisienne* crétoise sautant entre les cornes des taureaux, Ariane donnant le fil à Thésée, puis, abandonnée par lui, aussitôt battant la campagne avec Dionysos, Nausicaa jouant à la balle et découvrant Ulysse nu sur une plage, Sappho tout entière dédiée à l'amour et à la poésie, Phèdre contre les lois sociales éprise de son gendre, Antigone pour son frère debout face à la Loi, Mélusine femme-fée-serpent, et aussi la femme de Barbe-Bleue glissant la clé dans la porte interdite, le Petit Chaperon Rouge gambadant à la rencontre du loup dans la forêt, et Ondine dans les rivières qui pleure son chevalier errant, Emma saoule de Rodolphe, je suis toutes ces femmes sauf Pénélope, toutes ces femmes tour à tour impatientes, insaisissables, insoumises, joueuses tragiques ou joyeuses, jouisseuses, fragiles mais plus fortes que fragiles, aventureuses, libres.

Et ce que je veux, c'est l'amour, l'amour insouciant et celui qui remet tout en question, celui qui fait renaître, l'amour-passion, l'amour de loin, le *fin amor*, celui qui vous force à vous dépasser, l'amour platonique, l'amour sexuel, l'amour léger, l'amour sombre, l'amour lumineux, l'amour-tendresse, l'amour fidèle, l'amour infidèle, l'amour jaloux, l'amour généreux, l'amour libre, l'amour rêvé, l'amour-adoration, l'amour mystique, l'amour-pulsion, l'amour qu'on fait, l'avant, le pendant et l'après-amour, l'amour qui brûle, l'amour pudique, l'amour secret, l'amour crié, l'amour qui fait mal au ventre, l'amour qui fait bon au ventre, l'amour qui paralyse et celui qui donne des ailes, l'amour à mort, l'amour à vie, le premier amour, l'amour perdu, l'amour blessé, le prochain amour, parce qu'il n'y a pas de modèle, parce qu'il faut inventer ses amours, inventer sa vie.

Rêves, réseaux de la mémoire... voyages... jouissances... Tout ensemble, tout mêlé... J'écris ça dans mon lit, comme toujours j'ai de l'encre plein les doigts... J'aime ça, j'aime ça.

Cet été-là, nous sommes de retour à Éralitz. Tout est encore dans l'état où nous l'avons laissé, après le déménagement. Les livres, le linge et la vaisselle dans des cartons, les meubles démontés.

La montagne est magnifique.

Le jour où l'E.D.F. vient ouvrir le compteur, à la lisière de la forêt, et où nous réussissons, en combinant toutes les rallonges que nous possédons, à installer provisoirement une lampe juste derrière la fenêtre de la cuisine (un mètre de fil de plus, et nous l'amenions jusqu'à l'intérieur), l'événement nous paraît aussi extraordinaire que la réalisation d'un *fiat lux* biblique.

Et la lumière fut, même si elle ne venait encore que de l'extérieur de la maison, d'une petite loupiote suspendue dans le noir autour de laquelle voltigeaient les papillons de nuit.

Il y avait un lérot, qui sortait souvent le soir le long de la poutre, quand nous étions devant le feu de cheminée. Un ravissant petit animal blanc, les yeux cernés de noir comme par un loup. Il y avait aussi un loir, qui se promenait sur le mur de la chambre, adorable peluche semblable à un écureuil gris. Et aussi des mulots, petites bêtes sociables et peu timides, qui venaient volontiers faire leurs courses dans la cuisine.

Malheureusement, au bout d'un an, tous ces sympathiques rongeurs sont devenus beaucoup trop envahissants, et j'ai dû me résoudre, la mort dans l'âme, à les empoisonner.

Cet été-là, nous travaillons à l'aménagement de la bergerie, avec mon frère Julien. Il y a souvent du monde. Les enfants sont là.

C'est la première fois que je retrouve vraiment mon frère, qui m'a accompagnée dans toute mon enfance et toute mon adolescence. C'était devenu trop difficile de le suivre dans toutes ses folies. Quand Julien plonge dans un truc, c'est toujours jusqu'au fond. Heureusement, il est toujours sauvé par un puissant instinct de liberté. Alors, il change de folie. Celle d'aujourd'hui, c'est l'Afrique.

Comme Piero joue tout le temps à la guerre, en utilisant la configuration du terrain, arbres et rochers qui prennent certainement dans son esprit des dimensions mythiques, Oscar l'a surnommé général Schwarzkopf. Julien et lui ne l'appellent plus que par ce nom. Piero est toujours de bonne humeur. Lui et moi allons chercher des branches dans la forêt, et Noé les débite à la hache.

Le matin, avant de commencer à travailler, Julien s'éloigne un peu dans la forêt, pour jouer du djembé. Comme il doit partir bientôt en tournée avec son groupe, il lui faut continuer à s'entraîner. Il y retourne à la tombée de la nuit.

Plus tard, j'apprends qu'on entend résonner ses rythmes africains jusque sur l'autre versant de la vallée, ce qui ne manque pas d'étonner paysans et touristes.

Dans la forêt, on joue de la musique, on construit des cabanes, on s'amuse, on rêve, on s'isole. On va aussi chercher du bois, pour la cheminée, et des champignons, pour l'omelette. On fait tout dans la forêt. Même l'amour, bien sûr.

Les premiers jours, comme on n'a pas encore l'eau chaude, on remplit des bouteilles d'eau froide, et on se douche avec, tout nu dans l'herbe du pré, sous le soleil du matin.

Peu à peu, la maison prend forme. Je remonte les étagères, j'y range les livres. Je commence à donner une touche personnelle aux petites chambres, sous le toit : un poster de Babar dans la chambre ouest, un coin coiffeuse dans la mienne...

Vers la fin août, les vaches commencent à descendre dans le pré. On voit leur grosse tête par la fenêtre, au réveil, ou, le soir, leurs amples formes pâles qui bougent lentement dans l'ombre. Des sortes de bouddhas.

La bergerie n'est pas grande, mais on peut y recevoir beaucoup d'amis. Elle est de ces maisons qui sont habitées par du bonheur, comme celle que j'ai connue un peu avant, près d'un lac, ou comme celles où j'ai vécu, il y a longtemps, au bord de l'océan.

À la mi-septembre, nous partons pour Paris. L'appartement que nous avons loué, rue Véron, entre Montmartre et Pigalle, est vide. Quelques valises, un matelas, c'est tout. Il n'y a pas encore le téléphone, l'électricité a été coupée, il faut maintenant l'attendre quatre ou cinq jours.

Dans la rue, jour et nuit, des travestis se livrent à leur commerce. Le premier soir, comme il n'y a pas de lumière à l'intérieur, nous restons à la fenêtre, à les regarder, eux et leur clientèle. Il y en a un qui ressemble assez à une femme, avec ses seins en silicone qu'il ne se lasse pas d'admirer, mais les autres... Ils sont si costauds...

Tout le temps que nous habitons là, je continue à adorer les regarder. C'est toujours étrange, parfois très poétique, ou très triste, et parfois aussi à mourir de rire. Dans ma tête, je les appelle « les anges ». Quand je parle d'eux, je dis tour à tour « elle » ou « il », je n'arrive pas à me décider.

Il y en a un qui se tient toujours contre l'église, exactement sous le panneau de sens interdit, et sous l'inscription DÉFENSE D'AFFICHER, peinte sur le mur. Il brave tous ces interdits avec la plus parfaite tranquillité. Il est grand et baraqué, mais avec un maintien de reine, et très gracieux. Les cheveux tirés en arrière, toujours très bien coiffé, maquillé avec goût.

L'hiver, juché sur ses talons aiguilles, il porte un long manteau de fourrure. Quand un éventuel client se présente (je finis par repérer aussi bien que lui, parmi les passants, ceux qui sont susceptibles de se transformer en clients), ses lèvres roses s'ouvrent en un sourire charmant, et, la tête penchée dans un mouvement presque maternel, le regard direct, il écarte rapidement les pans de son manteau, sur des chairs joliment gainées dans une guêpière blanche. Quand il s'ennuie, il allume une cigarette, et ensuite, il tousse un peu.

Comme nous sommes à la fenêtre, et qu'il fait noir dans l'appartement, le voisin nous apostrophe, pour nous proposer une bougie. Il vient nous l'apporter, et nous devenons amis.

Tout l'automne, nous nous parlons, de fenêtre à fenêtre, d'un côté à l'autre de la rue. Parfois d'autres voisins se mêlent à la conversation. Franck vit dans un studio de quinze mètres carrés, il est musicien, déborde de projets qui sont loin d'être faciles à réaliser, bien qu'il soit talentueux, et prêt à remuer ciel et terre. Et toutes ces paroles, tous ces projets échangés au-dessus de la rue nous aident, les uns et les autres, à masquer nos angoisses à propos de notre avenir. La plus grande partie de la journée, il la passe au téléphone, en faisant les cent pas derrière son unique fenêtre. Ou bien il compose et joue, et on le voit, debout, maniant avec brio ses baguettes, au-dessus de son grand marimba installé sous le lit-mezzanine.

Nos problèmes financiers s'aggravaient terriblement. Incapables de payer le loyer plus longtemps, nous avons dû finalement renoncer à l'appartement. Et je n'avais plus d'éditeur.

Oscar commençait à travailler avec Étienne sur un long-métrage, un projet auquel ils croyaient beaucoup. Je l'ai encouragé à poursuivre. J'ai écrit mon roman, et trouvé un nouvel éditeur.

Nous avons passé une grande partie de l'hiver et du printemps à Éralitz, où l'on peut travailler tout en allant de temps en temps skier ou randonner avec des amis.

Parfois j'adore tellement vivre. Mais parfois aussi je suis fatiguée, et je pense que je pourrais bien mourir maintenant, ma vie est assez pleine.

7

Adolescente, j'avais peur de ne pas savoir comment m'y prendre, pour vivre, une fois dans le monde des adultes. Et puis j'y suis entrée sans m'en rendre compte, et tout est allé tout seul, je n'ai jamais plus eu peur de rien.

J'avais dix-neuf ans, j'étais enceinte. Yannick faisait son service militaire, et moi je vivais seule, dans une vieille maison isolée, au bord de l'océan.

À ce moment-là et à cet endroit-là, je n'avais ni voisins ni amis, mais je ne souffrais pas du tout de la solitude. Je n'avais non plus ni téléphone ni télévision. Il y avait juste un poêle pour chauffer toute la maison. Aussi, les soirs d'hiver, il faisait un peu froid. Je me mettais dans le grand lit à barreaux, j'allumais la radio, et je tricotais des petites choses pour mon bébé – des choses si minuscules qu'elles ne pourraient jamais aller à aucun bébé, seulement aux poupées de mes sœurs. Ou je lisais.

Quand Yannick avait une permission, pour le week-end, nous nous mettions au lit et nous y restions pendant deux jours, à faire l'amour sans discontinuer. J'étais parfaitement heureuse.

Un jour, Prunelle, la chatte, qui était enceinte elle aussi – et devait d'ailleurs accoucher le même jour que moi – est montée sur le toit d'une villa voisine. Mais avec son gros ventre, elle n'était plus aussi agile. Elle n'arrivait pas à redescendre. Je l'ai entendue miauler misérablement, et je suis partie à son secours.

On était à la fin mars, et la propriété où s'était aventurée Prunelle était une résidence d'été, comme toutes les villas environnantes. Il n'y avait pas âme qui vive à des centaines de mètres à la ronde. Il faisait beau, l'air tiède embaumait la mer, le sable, le mimosa et les épines de pin. J'étais aussi handicapée que Prunelle, mais j'ai escaladé le portail. Dans une remise derrière la villa, j'ai trouvé une échelle. Je l'ai appuyée contre le mur, et je suis allée chercher la chatte.

Avant la naissance de mon bébé, j'avais découpé dans du carton blanc une vingtaine de faire-part, que j'avais ornés à l'encre verte de dessins chaque fois différents. Cette vie que j'avais un peu redoutée quelques années plus tôt s'avérait remplie de merveilles, une après-midi de dessin, une promenade au bord de la mer, une rêverie au soleil, une nuit de lecture, l'écriture d'une lettre d'amour ou d'un poème...

Au fond, je n'ai jamais perdu cet étonnement enthousiaste devant la richesse infinie de la vie. Mais je suis sans doute moins sereine aujourd'hui. De nouveau, comme lorsque j'étais adolescente, la peur me guette. Avais-je déjà ce sentiment de perte que j'éprouve parfois si fort aujourd'hui? Peut-être. Sauf quelques éléments, j'ai si peu de souvenirs de ma vie passée. Toute ma mémoire tient dans quelques sensations.

Quand il était petit, Piero me demandait parfois : « Tu l'aimes, Yannick? » Je répondais quelque chose comme « oui, mais ce n'est plus comme avant », et alors il répliquait, péremptoire : « Tu dois l'aimer, c'est ton mari. » Yannick et moi, nous nous étions séparés alors que Piero avait tout juste un an, et j'avais l'impression qu'il n'avait jamais eu à en souffrir, contrairement à Noé, qui était plus grand.

Et pourtant, la nostalgie était déjà entrée en lui aussi, la nostalgie de cette période si brève où il nous avait connus réunis. Comment expliquer, autrement, un tel désir de me voir me conformer à une loi, à une morale que personne ne lui avait enseignées?

Chaque fois que j'étais enceinte, je me sentais pleine de bonheur jusqu'au bout des doigts, toute vibrante de vie, toute certitude. Même quand mon ventre s'arrondissait, cela ne tuait pas mon désir sexuel, bien au contraire. Dans la rue, je regardais les hommes que je croisais droit dans les yeux. Je me sentais belle.

La deuxième fois, j'avais aussi l'âme religieuse. Jusque-là, je n'avais eu d'autres dieux que ceux de l'Olympe, qui dans mon esprit peuplaient réellement le monde. Maintenant je découvrais la Bible, les Évangiles, et surtout l'Apocalypse, que je ne me lassais pas de relire. J'avais des moments de mysticisme, des sortes d'éblouissements, que j'appelais « jouissances de l'âme », car c'était le terme le mieux approprié. De la journée je n'avais rien à faire, sinon me promener, aller voir la mer, et lire. Je savourais chaque geste, chaque moment.

Adolescente, je lisais avec dévoration, parfois plusieurs livres par jour, en cours, au réfectoire, au dortoir, en rang, n'importe où. Je voulais obéir à Rimbaud et à Nietzsche, j'adorais Nerval, Artaud, Roussel, Daumal, Jerry Rubin, je pouvais dire par cœur des pages entières de *Paroles*, d'*Ondine*, de l'*Odyssée*, en grec, ou des *Métamorphoses*, en latin.

Jusqu'où faudra-t-il remonter, pour trouver la cassure? Les années d'enfance? Je l'ai dit, une jeune bête. Volontaire, coquette, fière, bagarreuse. Il n'y a peut-être pas d'autre cassure que la nostalgie de cet état-là. Pas d'autre cassure que la succession infinie des déchirures imposées par le temps qui passe, la succession de toutes ces vies, toutes ces amours, tous ces êtres, tous ces endroits, tous ces livres, tous ces moi, abandonnés et à jamais perdus... Pas d'autre cassure que celle de tous ces départs, anciens et à venir, car lorsqu'on a commencé à partir, voudrait-on s'arrêter?

Quoi de plus déchirant que la fin de ce film, *Citizen Kane*, quand on comprend que le héros,

Charles Foster Kane, a toujours vécu avec cette déchirure au cœur, le regret du traîneau de son enfance dans la neige, avec l'inscription *Rosebud*? Rosebud, c'était aussi le nom donné par Orson Welles au clitoris de sa petite amie. Ce bouton de rose n'est-il pas l'image de ce petit être de pur plaisir que nous n'avons sans doute jamais été, mais que nous continuerons à regretter toute notre vie? J'aimerais que mon roman soit comme ce film, une vie comme une boucle autour d'un regret, mais je ne sais pas donner un nom à ce que j'ai perdu.

Voilà que je me mets à évoquer les bonheurs passés, comme si ceux d'aujourd'hui ne me suffisaient plus, comme si je devenais de plus en plus vorace, comme si j'avais peur que la vie ne m'échappe, déjà.

Oscar dit parfois que si nous nous séparions un jour, il nous faudrait continuer à nous voir, pour faire l'amour. D'habitude, quand il dit cela, je réponds que je n'y crois pas beaucoup; qu'à mon sens, une fois terminée, une histoire est terminée sur tous les plans. Mais d'autres fois je me tais, je ne sais plus que croire, et tout ça me rend triste.

Cet après-midi, toute seule, j'ai mis des cassettes, Midnight Oil, les Rita Mitsouko, Nirvana, Prince, le son à fond, et j'ai dansé et chanté.

Cette nuit, Oscar et moi avons parlé plus de deux heures, au téléphone. Avant tout était simple, rien ne me faisait peur. Et voilà que je commence à réfléchir, hésiter, penser à me protéger, tout devient compliqué. Voilà que je suis devenue une femme de mon temps, pour qui les gestes les plus naturels sont devenus les plus problématiques.

Je refuse d'entrer dans ce monde où il faut vivre en renonçant au hasard, au risque, à l'aventure. Je n'aime pas penser que faire un enfant suppose une décision mûrement réfléchie, un calcul, un choix raisonnable. Je n'aime pas penser que je pourrais devenir raisonnable. Je veux continuer à sentir que ma vie est en même temps précieuse et dérisoire, je veux rester légère, fragile et vivace comme une fleur sauvage, un de ces coquelicots qui flamboient si bien au bord des cimetières et des chemins de fer.

8

Je suis partie d'Éralitz ce matin. Il y avait exactement huit jours que j'y étais arrivée. J'ai laissé la voiture au village, elle est trop usée pour refaire le voyage. J'ai pris le car jusqu'à Lourdes, et me voici dans le T.G.V. Par chance, il n'y a personne à côté de moi, je peux écrire tranquillement.

D'habitude, je préfère lire, ou regarder par la fenêtre. La fois où je suis retournée à Bordeaux, après ma première entrevue avec mon premier futur éditeur, il y avait un magnifique arc-en-ciel, qui est resté planté sur le paysage pendant tout le voyage, c'est-à-dire quelques heures et cinq cents kilomètres.

Hier, j'ai tout rangé et nettoyé dans la maison. J'ai jeté les cendres de la cheminée, et aussi toute l'alimentation périssable, mais j'ai oublié de jeter le pain. Je m'en suis aperçue dans le bus, c'était trop tard. Cela va attirer les mulots, et comme j'ai aussi oublié de mettre du poison, une fois le pain épuisé, ils vont peut-être se mettre à manger mes livres.

Voià bien une maison pour moi. Une maison où je ne peux pas rester plus de quelques semaines d'affilée, une maison où mes souvenirs risquent d'être mangés pendant mon absence. C'est tout à fait ce qu'il me faut.

Dans moins de deux mois, nous devrons quitter Paris. Les logements de la Cité des Arts ne sont accordés qu'à titre provisoire, et nous ne serons pas en mesure de prendre un autre appartement.

J'ai souvent rêvé de vivre à l'hôtel. L'hôtel, ça veut dire qu'on peut partir d'un instant à l'autre, qu'on n'est pas encombré par les objets, ni par les courses, la cuisine et toutes les horribles tâches ménagères, ça veut dire qu'on a envie de sortir tous les soirs, qu'on peut rester enfermé pendant des jours si la lubie nous en prend, si c'est un grand hôtel on peut se faire apporter du champagne et des fruits au milieu de la nuit, si c'est un petit hôtel, on va le matin prendre un café au bar le plus proche... Ou alors vivre dans un cirque, toujours sur les routes... Nomade, voilà ce que j'aurais aimé être. On les a éliminés, mais un jour, vous verrez, les nomades repeupleront le monde. Une fois, dans une lettre, L. m'a appelée « ma gitane », c'était le plus beau mot qu'on m'avait jamais dit.

Dans moins de deux mois nous reviendrons à Éralitz, nous y serons heureux quelques semaines, et ensuite nous aurons envie de bouger. J'ignore ce qui se passera alors, et j'aime bien l'ignorer.

Quelquefois je pense que, sous certains aspects, j'étais plus libre quand j'étais pauvre. Si j'avais besoin d'argent, je cherchais un emploi de serveuse, par exemple, cela ne me posait aucun problème. Aujourd'hui, non seulement j'aurais peur d'être reconnue par un lecteur si je devenais à nouveau serveuse – ce qui froisserait mon amour-propre –, mais de plus cela ne me servirait à rien, étant donné que, même en travaillant toute ma vie, avec un salaire de serveuse je n'arriverais pas à rembourser toutes les dettes que j'ai contractées après être devenue plus riche.

Une année, à Bordeaux, où je vivais seule avec mes deux enfants, j'étais si pauvre que j'avais dû renoncer au téléphone, et que je n'achetais jamais plus de deux fines tranches de jambon, une pour

Noé et une pour Piero. Moi je m'en passais, cela m'était égal. De temps en temps, j'allais voler un peu dans les magasins, cela ne me gênait pas, c'était même plutôt amusant. Il y avait des sorties « vol-plaisir », pour des sous-vêtements ou des cadeaux, et d'autres « vol-utilitaire », pour les paquets de couches par exemple. Plaisir ou utilitaire, je ne pouvais tout simplement ni me les payer, ni m'en passer. Aujourd'hui, je n'ose plus le faire.

Enfin, voilà comment j'ai perdu un peu de ma liberté. À cause de moi : parce que je n'ai pas le courage de me moquer totalement du regard des autres.

À cette époque de grand dénuement matériel, il y avait tout de même d'autres aspects de ma vie qui étaient purement luxueux : je faisais du théâtre, et j'avais des amoureux.

Une fois, j'avais trouvé du travail, comme agent de recensement. On m'avait attribué un quartier très pauvre, à l'autre bout de la ville. Je m'y rendais en bus, pendant que les enfants étaient à l'école, ou, le samedi, pendant la sieste de Piero, qui avait deux ans et dormait toujours comme un ange, et j'emmenais Noé avec moi.

Il y avait beaucoup de H.L.M., mais aussi des

maisons individuelles misérables, parfois sans eau ni électricité. Je devais braver les bergers allemands pour pénétrer dans les foyers, où l'on me recevait parfois avec une extrême gentillesse, et parfois aussi avec animosité, car on me prenait pour une personne du gouvernement, ou tout au moins de la mairie. Je remplissais mes feuilles de recensement (qui m'étaient payées à peu près un franc pièce) sur des toiles cirées encore tachées de vin rouge ou de café, et il arrivait que la liste des enfants d'une femme seule se réduisît à une liste de prisonniers.

Au bout d'une heure et demie, Noé et moi, main dans la main, rejoignions rapidement l'arrêt du bus, afin d'être de retour à la maison, dans notre petit appartement sous les combles, pour le réveil de Piero. De temps en temps, après avoir prévenu Noé, je repartais le soir, seule, pendant qu'ils dormaient tous les deux.

Le train file, par la fenêtre les câbles électriques se croisent et se décroisent à l'infini. À Éralitz, le froid retombe sur la petite maison sous la neige, le froid retombe sur les boîtes en carton noir où sont enfermés mon vieux journal, ces cahiers où se déroulent les années, où se débattent naïvement tant d'amours, mille émotions de la vie quotidienne, sur les boîtes en carton où sont éparpillés, dans le désordre, de vieux poèmes, un ou deux dessins, des mots d'enfants, et des lettres d'amour, mais j'en ai tant perdu...

Le froid retombe sur les centaines de vieux livres, sur les deux ou trois vieux objets, sur les albums de photos, sur tous les souvenirs qui vont maintenant revenir au sommeil, tout au fond de ma poitrine. Demain peut-être je ne me souviendrai plus que des lumières de Marrakech, d'Héraklion ou de Stockholm, demain peut-être je serai à Ouagadougou, à Sydney ou à Saint-Pétersbourg. Demain, seule, toute vibrante de joie debout au milieu de la pièce, j'ai envie d'écouter encore le *Magnificat* de Bach, que toute jeune j'ai chanté dans une grande chorale, jouissance sans pareille.

Au cours de notre voyage aux États-Unis, nous avons traversé un village qui s'appelait Truth or Consequences. Quand j'ai vu ce nom sur la carte, j'ai eu l'impression que tout notre périple n'avait eu d'autre but que d'aboutir à ce village. Tout d'un coup, ce petit point sur la carte devenait une sorte d'eldorado, une destination fascinante et inquiétante. Vérité ou conséquences, était-ce cela que nous cherchions?

Nous avons donc décidé que notre route passerait par Truth or Consequences. Évidemment, c'était un village comme un autre, sauf qu'il était absolument désert. C'était un dimanche, tout était fermé. Il n'y avait personne dans les rues. Nous nous sommes garés sur la petite place vide. Comme il n'y avait décidément rien à faire, nous avons repris la voiture, et poursuivi notre route.

À la sortie du village, nous sommes tout de même tombés sur un panneau qui donnait un bref historique de ce nom étrange. Truth or Consequences était le titre d'une émission de radio des années quarante.

Pendant des semaines, j'ai pensé à ce nom. Je n'arrivais pas à le comprendre. Comment fallait-il entendre ce *ou*? Signifiait-il *sinon,* comme dans *la bourse ou la vie : la vérité, sinon les conséquences*? Ou bien signifiait-il *autrement dit,* comme dans *Justine ou les infortunes de la vertu : la vérité, autrement dit les conséquences*?

Dans le premier cas de figure, on pouvait comprendre que, si on ne disait pas la vérité, il fallait s'attendre à en subir les conséquences. On aurait donc aussi bien pu dire : *mensonge ou (autrement dit) conséquences*.

Dans le deuxième cas, c'était exactement l'inverse : si vous dites la vérité, il faudra en subir les conséquences.

Je m'acharnais à explorer le sens de cette suite de trois mots, j'y traquais le mensonge, j'étais sûre que ces trois mots parlaient du mensonge, mais je n'arrivais pas à trouver la faille dans leur cuirasse, c'était une suite de mots verrouillée, obsédante, comme un casse-tête chinois.

Une seule chose m'apparaissait sûre, c'était que, quelle que fût la façon dont on l'entendait, Truth or Consequences était une menace. La vérité, dite ou cachée, était associée à une menace, une menace sournoise et mystérieuse, puisqu'on ignorait, dans cet énoncé, autant la nature de ces conséquences annoncées que ce qui les déclencherait. Contrairement au dicton qui prétend qu'un homme averti en vaut deux, ces trois mots faisaient peser sur vous une épée de Damoclès qui vous laissait complètement démuni et impuissant.

De quoi avais-je peur? Peut-être ce petit point sur la carte n'avait-il à délivrer qu'un message personnel et différent pour chacun. Peut-être, en m'obsédant pendant toutes ces semaines, ne voulait-il me demander, à moi, que d'essayer d'approcher par écrit ma propre vérité, dans le vif. Sans trop me soucier des conséquences puisque de toute façon, mensonge ou vérité, les conséquences menacent.

Il faudra que je demande à Oscar quelle est cette musique qu'il a mise sur le répondeur.

Le train entre en gare, j'écrirai le dernier mot de ce roman avant de descendre.

Sur le quai il y aura des femmes qui attendent des hommes, des hommes venus accueillir des femmes, et des familles, des voyageurs d'affaires, toute une foule pressée de retrouver quelqu'un, quelque chose, rejoindre le métro, sauter dans un taxi, déposer des bagages... Et peut-être une adolescente, partie seule pour la première fois à la découverte du monde... Elle ne courra pas, elle ne sait pas ce qui l'attend, elle se dit que tout est possible... Mon cœur bat comme le sien, comme elle je trouve que la vie est grande et belle, et je l'aime.

Dans la même collection

Emmanuèle Bernheim *Le cran d'arrêt*
Frédéric Berthet *Simple journée d'été*
Daimler s'en va
Felicidad
Victor Bockris *Avec William Burroughs*
Pierre Bourgeade *La fin du monde*
Brigitte Chardin *Juste un détour*
Collectif *Poésie hébraïque du IVe au XVIIIe siècle* choix de poèmes adapté de l'anglais en prose française et présenté par Frans De Haes, d'après l'édition originale de T. Carmi
Béatrice Commengé *La danse de Nietzsche*
Le ciel du voyageur
Gilles Cornec *L'affaire Claudel*
Catherine Cusset *La blouse roumaine*
Joseph Danan *Allégeance*
René Defez *Méditations dans le temple*
Marcel Détienne *L'écriture d'Orphée*
Conrad Detrez *La mélancolie du voyeur*
Bernard Dubourg *L'invention de Jésus* (2 tomes)
Benoît Duteurtre *L'amoureux malgré lui*
Tout doit disparaître
Jean-Louis Ferrier *De Picasso à Guernica*

Henri Godard *L'autre face de la littérature*
Camille Guichard *Vision par une fente*
Pierre Guyotat *Vivre*
Jean-Louis Houdebine *Excès de langages*
Régis Jauffret *Seule au milieu d'elle*
Tableau noir
Alain Kirili *Statuaire*
Julia Kristeva *Histoires d'amour*
Bernard Lamarche-Vadel *Vétérinaires*
Lucile Laveggi *La spectatrice*
Gabriel Matzneff *Mes amours décomposés*
Jeffrey Mehlman *Legs de l'antisémitisme en France*
Catherine Millot *La vocation de l'écrivain*
Emmanuel Moses *Un homme est parti*
Philippe Muray *Le XIXe siècle à travers les âges*
Marc-Édouard Nabe *L'âme de Billie Holiday*
Visage de Turc en pleurs
Alain Nadaud *L'archéologie du zéro*
Voyage au pays des bords du gouffre
L'envers du temps
David di Nota *Festivité locale*
Marcelin Pleynet *Prise d'otage*
Fragments du chœur
Les modernes et la tradition
Olivier Poivre d'Arvor *Les dieux du jour*
Lakis Proguidis *Un écrivain malgré la critique*
Alina Reyes *Au corset qui tue*
Jacqueline Risset *Petits éléments de physique amoureuse*
Alain Roger *Proust, les plaisirs et les noms*
Dominique Rolin *L'enfant-roi*
Wanda de Sacher-Masoch *Confession de ma vie*
Bernard Sichère *La gloire du traître,*
Le nom de Shakespeare
Leo Steinberg *La sexualité du Christ dans l'art de la Renaissance et son refoulement moderne*

Philippe Sollers – Frans De Haes *Le rire de Rome*
Chantal Thomas *Casanova, un voyage libertin*
Jörg von Uthmann *Le diable est-il allemand?*
Bernard Wallet *Paysage avec palmiers*
Stéphane Zagdanski *Céline seul*

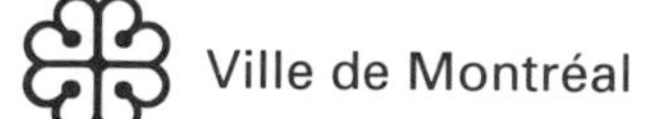

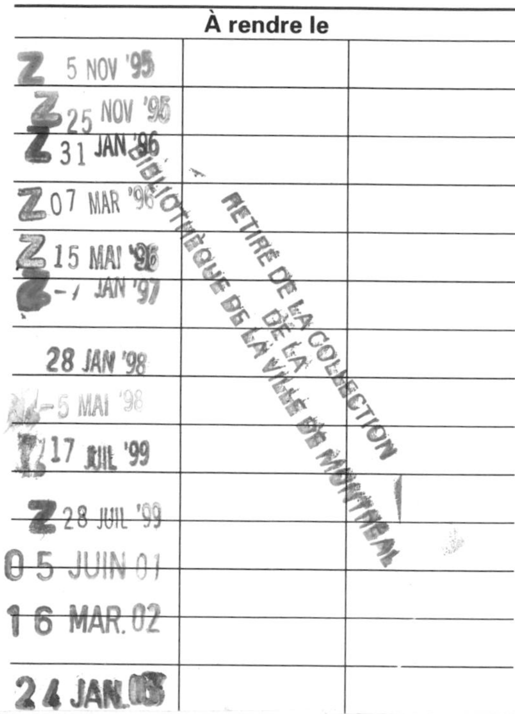

Achevé d'imprimer
par l'Imprimerie Floch
à Mayenne, le 29 septembre 1993.
Dépôt légal : septembre 1993.
1er dépôt légal : juillet 1993.
Numéro d'imprimeur : 34834.

ISBN 2-07-073418-8 / Imprimé en France.

66936